incomplete album

展翅零

歌集

点滅社

目次

incomplete album

四季を

7月になっても到底許せないなら8月も、赤道に降る化粧水

化粧したまま寝てしまう夏の夢　男殴って煙草朝霧

告白　とおもう病室で先生と看護師たちにとりかこまれて

「変だから。検査、受けたい」先生の微笑、こんなに眩い星ですものね

ゆめのことどういうふうに思ってる？あんたの弁当煮卵つめて

だって夏はさみしくない切ないほどすき窓あけて睫毛垂らす

やめたバイトのシャツでセミの声浴びる心療内科の白い部屋まで

漠然とここは不安だつね夏で雪降るようなら完璧なのに

いまはただきれいなものはみせないでコスモス畑も剥かれた梨も

戦争も愛も口に含んではおさえる言葉　ケーキを焼いて

氷山のリフトで雪は何ひとつみせず全身春月を待つ

想像の春はピンクの色してる実際目では見たことのない

深海の桜並木がゆるさないあなたの底へ降り立つことを

たのしかった、っていえばいうほど曲がってってだいじだったっていえばそのまま

聖体祭儀

窓を開け地平の果ての星からの嗚咽やさしくこの部屋へ来る

コカ・コーラ栓を抜いたら炭酸の蝉の声するリュツ・ホルム湾

二百円のお酒の鶴が飛び立ってみわたすかぎり君の雪原

嫁入り、と辞書を引いたら冬の夜に音楽になる詩のことなどを

釣り針へ虫つけてゆきわたしたち神さまのなかにもだえ絶え入る

つけれないマッチはきみの手で燃えて煙草を吸える
（櫻な花かや　散るじるやなあ）

さいこうの学識として夜の雪ひかってみえることをおしえる

かなしみに聖体祭儀と名をつけて神さまのこと愛してあげる

あれよりも夜の光れば人なんか愛するなって泣き出していた

海のある街にも産婦人科はあって勇気もつ子が産道をゆく

月の稜線

ああまた生殖か　性のあるからだを捨てておれがおまえのコンビニになる

月面に無数の地名　ごめんなさい　あなたはずっとあなただからね

待ち人の来ない深夜の喫茶店にて海のようにひろげる詩集

特急にだれかの嗚咽いつの日かひとはひかりになるのでしょうか

だいすきはかなしいおかねはむずかしいでも銭湯では髪をくくって

エビとムシのちがい言いあうとうきょうの最低賃金しらないふたり

アラスカのあおい日の出をゆく汽車のなかでわたしに月経がくる

宇宙はなぜ見えるのかって聞いてくる図鑑、泣いたことあったらみえるよ

ころしたらじんせー返ってくるかしら…あ　ともだち　カレーたべいく

きみがなにかを失くすときには「あれおれ…」で
はじまるんだよきみの詩集も

音もなく芝生にたおれて夕闇で未来を愛せば未来くるかも

いつも睫毛は熱かった

午前2時洗面台を覗き込む眉毛を剃るとき涼しい尻尾

どこまでもあおいひかりになっていく駅のホームで錠剤を飲む

帰り道からだを宇宙にひたしてるひとりもひとも悲しみであり

透明になりゆくすべて保健室がえりの四肢に夜のしみこむ

意味という病にきみはおかされて浜辺の白にすべてを拾う

イエスさまの御手も黄色くなるのでしょうかあたし毎晩みかんを食べる

自らの傷に淡雪降らすような顔だ貴方が「親」と言うとき

ばらばらに並べられたいスーパーに　いろんなひととひとつになりたい

暮れかかる空にみんなはいなくなるあたしよ世界の子供を孕め

愛しあうたびなぞられる白昼の道　祖母のいた病院までの

天国はある、　と覗き穴のむこうの人がふるえるみんなふるえる

雪国へ生まれた人に「雪きれい？」と聞いたら苦笑　長野へ入る

窓開けて波音を立て風立ちぬ紫煙攫はば山の薄明

なつかしいにおいがする

なつかしいにおいがする
地球のにおい
夕方寝て夕方めがさめた
もう決してこの時間から出たくないとおもう
夕方からきたのだから　夕方にいたい
ずっと　永遠に
ねむりたい

だれも愛さず
嫌いにならず
お湯で顔をぬらさず
靴を履かない
ひとつの夕方として息をして
息をしたまま
ずっとここにいたい

永訣の？

永訣の？いいえただ朝　神様はわたしは死んだと思っているわ

先生

先生
憎しみがすべてに勝つってこと
あると思いますか？
人生がないって
どういう意味かわかりますか？
あたしいま人生がない
あたしには
いま

岩は白く
激しい山道から
ぽっかりと
いのちが
浮き出る

：あたしだったもの

先生、あたしは、
あたしを犯した人間を殺すべきだと
この手で裁く必要があると
思うんです

そしたらあたしに
人生帰ってくると思うから
だから
だから

夕日きらい
さみしくて怒っちゃうから
この世に果てがないと思うと
こわいの
だから怒る
ずっと

人を殺すべきなんて
ほんとは思えない

歌に抱きしめられて
海を抱きしめたい
果てのない世界に
いきたいだけ

2022.02.03

雨
胸がむせかえってへんなにおいに満ちてくる
だから雨だとおもう

さいきん蕁麻疹がよくなってきた
必ず夕方出ていたのが、
4日に1回くらいはでなくなってきた
去年の自分をおもうとかわいそうで
みどりいろのひかりのなかにずっといたような
気分になる

いまはずっと　ここにいる
いずれ満足したい
お金があればなんでもできるし
なければ精神を頼りにして生きていくしかない
しらなかった
精神はどのくらい頼りになる？

手芸をしている
手芸をしているとじぶんのからだがじぶんからとおのく
こころだけが核としてはっきりしてきて
ずっと　しんとする
からだが　昼間も夜になる
部屋が夢のなかにあるみたいに
住所がなくなる　どこでもなくなる
気持ちいい
起きてから寝るまで

あたしの言葉がみんなの言葉に近づくといいけど
でももう
手芸をしている
お風呂って本当に意味がない
手芸をしている
ときどき電話をする
地球のやわらぎって
地面がなくなってぜんぶ液体になれば得られる？

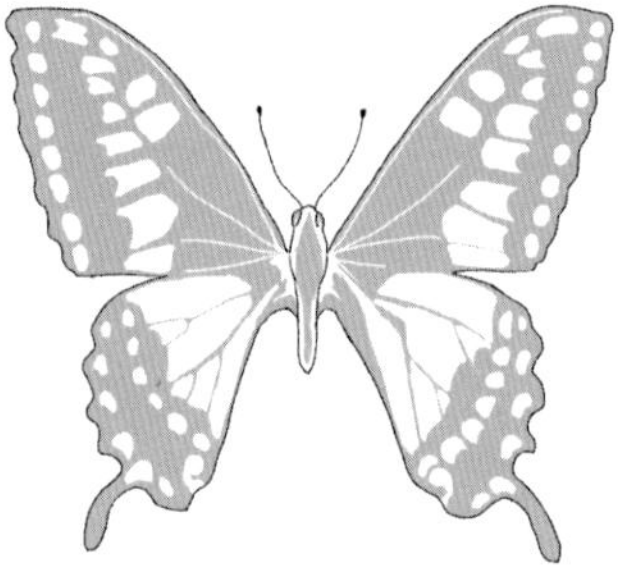

雪の積もった景色を

雪の積もった景色を
愛したまま、
あたたかくなるのを
よろこぶ
いつまでも、ドライヤーってやだよね
死んだあとも
やなのかな…
いつか連れていってほしい
あなたがわたしを愛してなくても
わたしがあなたを愛してなくても

雪の降る砂漠へ

遠雷

7月ににおいがあるならふたりだろ天国でも蝉の羽化を見にいく

許されて生きてる人がいるんなら見せてみなさい　布団をたたむ

あえるひとあえないひととかあえたひと　白湯のんでたら遠雷が鳴る

スペシャルでラブリーなロンリネスナイトこころはネオンすごいかがやき

獅子座とはちがう運勢しかもってないからぬぐうことしかできないよ

ほんとうに幸福はある。と唱えたらほんとうですかと顔あげる兄

幸のあれ。そしてすべてに価値なかれ。ボウリング場でハイタッチした

めぐすりをうさぎにさすとき未来とは太陽風にはこばれた丘

スーパーでおちゃおちゃーと呼びさがす睫毛がひかる夜を重ねる

しぬことはきっとこわくてベランダにレジャーシートを敷いてさんにん

八篇

高速からひかりと呼ぶべき家々のどうしてわたしはどこにもいない

日高屋でラーメンを食うさみしさに宇宙船と名づけただよう

幾千の蝉が孵化して死ぬ夏も愛についてを祈るのでしょう

人を刺すそのときほんとの生き物になれる気がする／ココア出される

貴方にも性欲があり東京の空に満ちたり欠けたりの月

薄明にカレーは香りぼくたちの怒りの果てに辿り着く岸

飛行機に浅く眠れるこの肉でおまえの誇りになり続けたい

ねむるときわたしはわたしを受胎して明け方風が吹けば蒼白

2020.07.02

誰もがいつか死ぬということのまぶしさ。
貴方もやがて死んでしまうということが、とても嬉しい。
誰もが神さまの下にいて、貴方すら
神さまに愛されなければならないのか。
神さまは、知らないもの、見たことのないもの。
だけどこころを澄ますと浮かびあがってくるもの。
タピオカ飲みながら、駐車場でぼーっと人を待っていて、
夏になったなって感じた、わたしは生まれてからずっと夏が大好き、
夏が好きな人はどんなにかなしくても結局自殺できない。
夏の夕方はいちばんこころが澄まされる。
風を頬で受けるように、やがて死んでゆくことが心地良い。

2022.07.30

夏はすきだ
ずっと生きてたい
もっと生きてたいって気持ちになる
どうにでも生きれる気分になるから
真っ暗な場所に
とおく
たったひとり
あなたがいる
いるとして
生きてさえいれば
たどり着く気がしてくる
あなたとはつまり
オーロラであり
容姿のない国
笑うこともなくこともない人
愛という言葉のない本
夕方にもう胸を痛めずに済む自分

十三篇

妹のカバンの底に煙草見て傘をひらけば人はみな孤児

「尾の青いやつをください」水槽の前で生命そのように呼ぶ

貝残す　もう帰ります　この店に宇宙とつながる電話ありますか

飛行場降り立ちミュンヘンの風がわたしを生かす秩序を撫でる

珈琲で火傷を負った舌だけが　ひかり　のあらたな定義を知った

ほんとうに？きみも宇宙に生まれたの？恐ろしいほどきれいな宇宙

こんな映画見なきゃよかった、と泣いてからエレベーターで形にもどる

軋むような叫びはやがて凪いでいく夜のくる前一瞬の青

夏におもう雪のようだお酒ではわらったことが真実になる

許すという言葉をさいしょにかんがえた人に会わせて許すをみせて

ただ誰かのお嫁になりたかった　妹の痩せてく顔をみる病室で

許すことで生きてゆけるというならばわたしはずっと夕方の部屋

せかいじゅう夜だわベランダのうえに水筒もって目を閉じている

七篇

神さまに蹂躙されても愛してた　睫毛を照らす洗濯機たち

お金は？と問えばわからないとゆわれて他人の夢のようなふたりだ

おわりってふるえてずっと鳴いている電子レンジが止められないの

宇宙服すてて「こんばんは」を言うとおまえの星って息が瑠璃色

ファミレスで豆乳頼み続けてよ、幸福なんか核心じゃない

わたしたちときどき痛む傷あともみえないまぶしい夕暮まみれ

とうめいのゆめをあしたを傷つけるほど踏み出して
「あ　桜」「桜きれいだー」

花束の街

ありがとは言うと夜風のにおいするありがと言うのは孤独の記憶

病院の待合という冬の野に俯いている巡礼者たち

ねむってるねむっていいとおもわせてくれる患者はずっとねている

夕映えはそれぞれ街におとずれてほんとのふたりにはやく会いたい

公園の蛇口おもいきりひねってくれる、黄色いワンピース着るようになる

うそかなあほんとかなあっていつもおもう、人ってまるで天使のようで

「でも、いいこともいっぱいあった」言う舌に溶ける花びら
わすれちゃうかな

セブンすき生活保護でいいよって言われてベンチで食べた豚まん

花よ雪よ上野の師走に舞わなくてあたしアスペルガー症候群って可能性

輪郭をこぼしたひとの順番に動機や笑窪が報道される

刺す人に刺される人にラベンダー畑がずっとありますように

しあわせに朝に故郷に抱いている膝くすぐると怒ってくれる

ぜんしん森羅万象になりそうなのにあたし、しゃべってる
水道橋の電線の下

おとうとはわたしの病気を〈内なる声〉と　また白鷺見たいまた川で白鷺

憎むほど醜くなるのは自分だとわかっていても三日月の白

異常事態わたしの島に認められあなたに電話かける船になるほたる丸

なくなるの?惣菜も人もないスーパーをあおいサンダルでまわったことも

風と奇跡…おなじ頻度で起きるもの　all right, 大丈夫になるものはないから

ねむれずに夜をあかして車窓かられんげ畑に顔だしている

体内

海原を空と思って飛び込んでゆく　こと　結婚　わからない・・始発

さっきまで命であった羊肉を生まれて消えてく貴方が噛んだ

病院に行くってメモつねあたらしく薄れる戸棚のポケモンシール

グラビアになるってどんな気持ちだろ早朝野焼きのけむりがのぼる

生きのびることと老いてゆくことのちがい　お祭りに行く約束がある

要するにだれもが奇跡を信じてたピルシートおす月曜の朝

夕国よハローワークをありがとう河原に狐の嫁入りが降る

きらきらと怒りの最後一滴が涙になっていくような旅

ミライトワわすれちゃうかな　雪降れば雪のことしかしらないわたし

遠方とする

さて　分娩室と似たひかり　朝のいつまで愛として降る

水槽に初雪溶けて透き通りあなたの声はめだかとなって

神さまに口の中身をみせるように車掌へ切符みせてものすごい風

生殖はあってもなくても良いけれど海の揺らぎが空港の外

わたしたち木立にも工場にもなれる芯には月の眠りあるから

バス飛行機バスと乗り継いで命たしかめつつ研ぎ澄ましつつ

へいきかなこれからふたり　うん、そうだ　しあわせはいい　へいきかどうか

クリスマスケーキをホールで買ってくるきみもたいがい陽炎だった

甘え方与え方きゅうにおもいだし洗濯物が顔に当たった

唸るように胸から夕日が生えてきてそれからずっと沈まないんです

燃える尾をゆらしてぼくら涙からいちばんとおいコンビニに立つ

解説

「この闘いを見よ」

榊原　紘

ファミレスで豆乳頼み続けてよ、幸福なんか核心じゃない

ファミリーレストランで、豆乳を注文できるのだったか。豆乳を使ったメニューだったら、もしかしたらあるのかもしれない。それとも、これは無い（だろう）と思うものを、それでも「ありますか」と問うことを求める歌だろうか。もし、欲しいものがそこになかったとしても、大丈夫。なぜなら、「幸福なんか核心じゃない」。

「人は幸せになるために生きているのではない。自分の運命を全うするために生きているのです」とは、ロマン・ロランの『ジャン・クリストフ』に出てくる言葉だが、この歌を読んでそれを思い出した。

では、展翅零の「運命」とはなにか。それは、奪われたものを再び取り戻そ

うとする闘いのなかに生きることではないだろうか。

海のある街にも産婦人科はあって勇気もつ子が産道をゆく

ああまた生殖か　性のあるからだを捨てておれがおまえのコンビニになる

さて　分娩室と似たひかり　朝のいつまで愛として降る

『イン・コンプリート・アルバム』には、性にまつわる歌が目立つ。特に二首目は、「ああまた生殖か」という、嫌悪すら過ぎ去った無気力さが、「性のあるからだを捨て」ることを選択させ、「コンビニ」という量産的で無機質なものの代表格への転身を夢みる。

暮れかかる空にみんなはいなくなるあたしよ世界の子供を孕め

ねむるときわたしはわたしを受胎して明け方風が吹けば蒼白

みごもることを神話や聖書の話になぞらえるような歌もある。こうした歌は、「性のあるからだを捨て」ることと、反対のようでそうではない。性があること・性のあるからだを持っていることを、より大きな枠組みに置換することは、捨てるのと同じく、能動的な手段だ。展翅は、そこに本来付与されていた意味を、自分の意志で書き換えようとする。これが闘いではなくて何なのだろう。

ころしたらじんせー返ってくるかしら…あ　ともだち　カレーたべいく

つよい憎しみを抱いているときの舌たらずな表記が、言葉よりも感情のほうが速いことを思い出させてくれる。そして文字にしたときにまた、そのときの質感をもって感情が蘇ることも。「人生」を、今の自分には「じんせー」としか思えないことも。そんな憎しみを抱える日々で、友人とカレーを食べに行く。生きるために。

幸のあれ。そしてすべてに価値なかれ。ボウリング場でハイタッチした
オペラの歌詞のような、聖書の一節のような言葉。そこから一気に日常のボウリング場へと場面は移り、ハイタッチをする人物たちの奥で、おそらくは全て倒れたピンが暗がりに吸い込まれてゆく。ストライクもスペアも、嬉しいけれど一回ごとに流される。幸があっても、その価値は流れ去る。核心ではないから。

かなしみに聖体祭儀と名をつけて神さまのこと愛してあげる

『イン・コンプリート・アルバム』には宗教的な単語が多く登場する。本来は避けたいと思う「かなしみ」に、カトリック教会では最も重要とされる儀式の名前をつけることは、展翅がやってきた意味の書き換えの一つではないだろうか。「〜してあげる」という言い方も、本来は立場が上の者が用いるもので、

神さまにできることではない。かなしみが襲ってきても、それらは儀式なのだと思い、それどころか神を愛してあげる。幸福にも動じない、悲嘆にも暮れない。ただ、神や愛という擦り切れるほど使われてきた言葉を、展翅は自分のもとへ取り戻そうとする。言葉によって。歌によって。

許すという言葉をさいしょにかんがえた人に会わせて許すをみせて

へいきかなこれからふたり　うん、そうだ　しあわせはいい　へいきかどうか

許すという言葉を初めて考えた人は、憎しみやかなしみを抱えながらも、それでもより大きなもので、まずみずからの心を包んだのではないだろうか。それは、傷ついた自分を認めることでもあり、自分を愛すること、ともいえるかもしれない。しかし、「許す」に形があっても、見ることができても、許さなくて構わない。

「平気」には「平」という文字がある。盛り上がっても、へこんでもいない。

幸福でもない、不幸でもない。その、地平線のようにまっすぐなものを、自分に取り戻す。そして、「うん、そうだ」と自分自身で、そしてふたりの間で確認できたとき、きっとこの闘いに明るい兆しがある。

この闘いに終わりがあると、無責任に言うことはできないけれど、精一杯見守りたい。そしてこの歌集を手に取る人たちに言いたい。この闘いを見よ、と。

（後書き）

玄関に電車が停まっていた。

それはとても自然なことだった。

この電車はわたしを迎えに来たんだなと単純にそうおもえた。

わたしはその夜、とてもかなしくてどこかへ消えたいと感じていたから。

電車は説得力を持った自然な顔でじっと停まっていてその灯りは部屋の暗さとは対照的だった。

わたしは裸足のままずっとドアの前に立ちつくす。

この電車に乗るか乗るまいか。

電車がわたしをどこへ運んでくれるかまでは、わからない。ただひとつだけいえるのは乗ってしまっても乗らなくてもどちらにしろ、わたしはさみしいことだった。

わたしは生まれたときからさみしかった。

わたしのさみしさは異常で異形で変則的でありふれていて途方もなくて過剰なものだった。

だから電車を迎えた今、大切なのは、乗るのと乗らないのとどちらが「より」さみしくないかだった。電車に乗って、もしも今よりもっとさみしくなったら…。結局その電車の行先はわたしもだれもしらなかった。電車は定期的に玄関の前に停まるようになった。

自分で船を出して漕げば、好きな場所へいけることはしっていた。ガタガタいう奥歯も、水色と灰色の混じった吐く息も、凍りつきそうな手足も、わたしはこの自分のからだのうちに持っていた。

わたしの短歌は、だんまりと時々くる電車をしりながらも、船を出して好きな場所まで漕ぎ、また電車に乗れずそのうつくしいひかりをみたまま、そして船を漕いで：その繰り返しでできたものだとおもう。あいしている。短歌も、電車も船もあなたのことも。なにかを好きになることはむずかしい。ただ、あいすることだけが簡単だ。読んでくれてありがとう。

展翅零（てんし れい）

歌と短歌。時々メイド。ピアノ声楽教室［蟹座音楽室］
の主催、指導をしていました。国立音楽大学声楽科卒業。
病気により療養中。

incomplete album

2023年4月15日　初版発行

著　者　展翅零
発行人　屋良朝哉
発　行　合同会社 点滅社
〒184-0013
東京都小金井市前原町5-9-19
アートメゾン武蔵小金井202
Tel：042-208-7350　Fax：042-405-0650

装　画　情緒
組　版　小窓舎
校　正　小窓舎
印刷製本　株式会社栄光
編集協力　相原茉唯

ISBN978-4-9912719-1-5 C0092